朵朵小語

你就是美麗的小宇宙

朵朵 著

朵朵小序——

你就是美麗的小宇宙

很久很久以前，有一個夜晚，我獨自站在家門前，抬頭看向夜空。天上掛滿了亮晶晶的星星，那種寧靜深遠，使我的心中瞬間湧起一股奇異的感覺。當時我還是個小小的孩子，也許才剛學會走路，還不懂言語表達，然而那種無法形容的強烈感覺從此就烙印在我心中。

多年後再想起，我才知道那就是我第一次感覺到宇宙的存在，是深邃與神秘，是敬畏與驚怖，同時也是包容與無限，那樣的印象成為我此生最早的記憶之一。

也因此從很小很小的時候，我就對天空與天空之外那個廣闊無邊的宇宙，有了無窮無盡的好奇與想像。我相信，那就是我的來處與去處，而我在地球上的人生不過是暫時的過客之旅。

*

長大之後，我學了占星術，但不是為了要知道以後的命運，而是為了要探究過去發生的事情是否不可避免？人與天上的星星之間是否有著密不可分的關係？當我在星圖上找到人與宇宙相通的軌跡，一切都豁然開朗了。

原來外面那個大宇宙與我們裡面這個小宇宙真的是合一的！往內探索自己的心，和往外探索天上的星星，也是一樣的啊！

*

親愛的，你就是美麗的小宇宙。在你之內，有整個太陽系的運行，還有山林的生成、雷電的閃擊、海洋的潮汐和星辰的碎片。

你的世界是因為你而存在的，如果你不在了，你的世界也就消失了。你是獨一無二的重要。

所以，想要了解外面的大宇宙，就從了解自己的小宇宙開始。當你認識了自己，也就明白了人生的一切。

是的，你的內心，正是通往外界的入口，也是達到真理唯一的路徑。

*

許多個早晨，我在晴空下讀書、寫作，常常用更多的時間望著天空，感覺那來來去去的雲朵，就像情緒與心思的片刻駐留。而我的心則是接納一切的天空，不留痕跡。

許多個夜晚，我仰望星空，想著星星的流轉，一如人間生滅變動的故事，悲歡離合、喜怒哀樂，一切都在發生，也一切

都會過去。

也因為這些體悟，讓我寫下一則又一則的小語。

*

這是第17集《朵朵小語》了。

當初寫下第一則小語的時候，只是隨手記下的心得筆記，並沒有想到日後竟會一寫這麼多年。有時想想，在瞬息萬變的人生際遇裡，這或許是我所做過最恆常的一件事了。

能夠在尋常日子裡與你分享我的想法與感受，我要感謝每一朵花開花謝，感謝每一日的陽光與星辰。

親愛的朋友，我還要感謝這麼多年來，你溫暖的陪伴，從以前到現在，一直不曾離開。

Part 1 微笑吧，所有的花都開了

Part 2 你的世界因為有你才存在

Part 3 無與倫比的每一天

Part 4 此時此刻，就是最美的當下

Part 1

微笑吧，所有的花都開了

午後一場雷雨

夏日午後的一場雷雨，釋放了天空裡烏雲的堆積，消除了焦躁的暑氣，整個世界瞬間得到清洗。

經過了這場雨，你的煩惱好似沒那麼惱人了，不能原諒的也可以原諒了，甚至以為無以為繼的又生出了希望與信心。

這場及時雨像是神的應許，在你感到灰心的時候，為你清除了那些陰霾的累積。

祂懂得你的心情，給你純淨的甘露，以清涼的撫慰回應你，並且陪著你一起釋放那些壓抑的情緒。

因為一場雨，你恍然明白，這個世界愛著你。

心的潮起與潮落

心情就像潮水一樣，有漲潮，也有退潮。

漲潮的時候，你覺得豐盈飽滿，揚起快樂的浪花。

退潮的時候，你感到空洞寂寞，像是大片無人的沙灘。

能量總是處於波動之中，而你的憂傷喜樂也像海水的起落一樣，都是很自然的狀態。

生命恰似海洋而心如潮水。所以，親愛的，接受自己心靈的潮起潮落吧。漲潮時享受那種激越昂揚，退潮時也接受那片寂靜空無。

想哭的時候就哭吧

有時候，不為什麼，淚水就是汩汩湧出。

不是傷心，也不是恐懼，你其實很平靜，但你淚流成河，兩頰濡濕成春日的水澤。

你知道這就像是某種內在的清洗，把一些壓抑或累積在心裡的東西釋放，或許是負面的情緒，或許是傷痛的記憶。你不清楚那是什麼，只知道它們化成淚水的模式流出，然後離去。

所以親愛的，什麼也別想，只要讓淚水靜靜流下，流成春日的水澤，流成一去不回的江河。

心情永遠變化不停

說不出為了什麼原因，你的心情就是萬分憂悶。

你無法解釋，也不知來由，只覺得心裡千絲萬縷都是煩惱，但又無法條分縷析，只是在胸臆之間結成憂鬱的團塊而已。

也許真的再怎麼追根究柢都找不出原因，因為你的低潮可能來自潛意識，甚至來自前世；也或許是因為天上星空相位與角度的交互作用，讓你處於心情的大十字。這些都不是你的意識所能了解與控制。

那麼，出去走走，當你的身體處於流動的狀態，心裡的某些鬱結也將打開。

如果還是感覺憂煩，那也沒關係，親愛的，只要知道自己的心情如天氣，昨日雨，今日晴；也像星空流轉，永遠變化不停。

用微笑對抗悲傷

心情灰暗的時候，你總是穿上最喜歡的衣裳，看著自己漂亮的模樣，心情也將漸漸開朗。

所以，心裡沒有笑意的時候，更該把微笑掛在臉上，那樣的作用就像美麗的衣裳，可以提升低落的情緒，讓你感覺昂揚。

笑是一種開展的能量。你一笑，花兒都開了，陽光也出來了。

笑是一種放鬆的能量。你一笑，表情都柔和了，心也鬆開了。

親愛的，笑吧，笑吧，你的微笑不但美化這個世界，而且還可以對抗所有的悲傷。

給自己一個每天醒來的理由

有時候，你會對周圍的一切感到灰心沮喪，不知道要如何走下去，也不知為什麼還要走下去。

你甚至暗想，如果明天不再醒來或許也沒怎樣。醒來又如何？為什麼還要面對這個讓你失望的世界？

那麼就給自己一個醒來的理由吧——也許就是為了看見每一個早晨的光。

早晨的光代表了新的開始，沐浴在這樣的光下，你總是感到內在的潮濕與陰暗都蒸發了，整個人洋溢著愉悅的能量。

啊，昨天再怎麼痛苦難當，畢竟都已是昨天的往事了。早晨的光讓你了悟，每一個今天都和每一個昨天不一樣。

親愛的，只要還能看見早晨的光，人生就永遠充滿希望。

你樂觀嗎？

樂觀的人可以用一枚迴紋針換到一幢房子，因為他覺得只要有信心，就沒有辦不到的事情。

樂觀的人總是放鬆自在的，因為他的心裡沒有對未來的恐懼，所以精神與肢體都不會緊繃。

樂觀的人也比較快樂，因為他總是在期待會有好事發生，而由於吸引力法則的緣故，樂觀的想法也真的帶來了好事的發生。

所以，親愛的，做一個樂觀的人吧。樂觀的心就像溶化在熱茶裡的糖，能去掉不安的苦澀，表現出生命的甜味。

所有的事都可以解決

擔憂是你的習慣，你常常愁眉不展。總是在晴天時擔心下雨，雨天時又憂慮衣服曬不乾。

而幾乎所有的事，你都如此憂心忡忡，幸福的時刻擔心災難，災難來臨時又憂慮無法承擔。

親愛的，所有的事都是可以解決的，就算一時無法解決，也終究可以靠我們的心去超越與化解。

所以，別擔憂，相信自己在任何狀態下都可以安然。如果暫時過不去的，也要相信時間會帶著你過關。

人生像天氣一樣

要晴不晴，欲雨未雨，真是惱人的天氣。

人生中也有許多這樣的時刻，卡在一段不明朗的灰色地帶，進也不是，退也不是，不知該怎麼辦。

但親愛的，就像天氣總是時時刻刻在變化一樣，這種不明朗的狀態也不是永久。

當時間到了，總會燦爛地放晴，或是痛快地下雨。

所以就輕鬆以對吧，接受人生的時時刻刻，就像接受一切風雨陰晴。

沒有一片雪花會落在意外的地方

做了那件事，你感到懊悔。你想，如果時光倒流就好了，如果回到過去，你就可以做出不一樣的選擇。

親愛的，請不要責怪自己。

在那個當下，做那個選擇，一定是基於許多因素的累積，一切都不會是平白無故。

沒有一片雪花會落在意外的地方，這世界上的萬事萬物都有它的成因與路徑。你無法控制什麼，也無從掌握什麼。

換句話說，看起來是你做的選擇，也許是因為事情就該那樣地發生。所以別為你所做的事而後悔，從宇宙觀點來看，這都是該經驗的經驗，該學習的學習。

經驗了什麼，也學到了什麼，你就得到了什麼，然後從此放手讓它去了吧。

愛情恰似一場花季

一段感情曾經存在然後消失，一個人進入你的生命又離去，就像有人曾經與你共同賞遊一場花季，你們一起看過繁花盛景，而今卻是殘花凋零。

親愛的，愛情恰似一場花季，既然看過花開，也要接受花落。所以，感謝曾經有人與你同行，攜手見證過那樣的美麗就好，然後等待下一次花期。

最好的伴侶

一段被天使祝福的關係，一定是充滿喜悅的，讓你感到安寧自在的，而不是充滿遲疑的，只有痛苦與不安的。

所以，相信你的直覺吧。如果這段感情不斷地讓你踢到心靈的石頭，或是頻頻踩到精神的坑洞，那麼或許應該暫停下來，好好思考是否繼續走下去。

親愛的，最好的伴侶，不是那個最好的人，而是對你最好、也讓你更好的那個人。

這樣的人，將是眾神認證過的；與他的關係，也必然會受到天使的祝福。

原諒自己的不能原諒

許多教誨都告訴你，要寬恕。

但對於那個人那件事那段時光，你就是難以釋懷。

然後你又對自己的不能寬恕懷有罪惡感，覺得自己真糟糕，為什麼就是無法原諒？

親愛的，其實所有的寬恕，都是對自己的寬恕，寬恕自己曾經錯看了某個人，錯估了某件事，錯待了某段時光。

寬恕的意義在於放下內在的爭戰，若是不能寬恕別人反而給自己帶來壓力，這樣就是不必要的自我折磨了。

所以，接納這個還無法寬恕的自己吧，原諒自己的不能原諒；在寬恕別人的時刻尚未來臨之前，至少要先將自己從自我譴責中釋放。

一切都是時間的夢境

你以為會痛苦很久很久的，其實一段時日之後就忘了。
你說再也不會那樣去愛一個人的，但也許很久以後你連他的名字都想不起來了。

時間沖淡所有的感受與記憶，就像濃茶經過一次又一次地加水，會慢慢地變得淡而無味。

所以，親愛的，不要執著於此刻的傷感，不要以為這就是永久。在這當下看似過不去的，總有一天一定也會不復記憶。

一切終將過去，一切都是時間的夢境。

丟掉那些你不要的

你說不知道自己要的是什麼，真正想追尋的又是什麼，你因此覺得自己飄飄蕩蕩，你總是為此感到黯然神傷。

如果你不知道自己要什麼，那麼至少要知道自己不要什麼。

不要那些無法引起你的熱情的夢想，不要那些不能展現你的天賦的追求。

當你把一切不要的都去掉之後，那些最後留下來的就是你要的。

親愛的，當人生的加法行不通的時候，就試試看減法吧。

走過就成了過眼雲煙

人生的順境與逆境，像旅程中的風景，有時讓你欣喜，有時令你灰心。

但親愛的，無論是美麗的草原還是乾枯的荒地，都不是永遠，都只是你經過的一部分，前面還有太多你未曾見過的光影。

所以別太執著眷戀，也不必沮喪失落，只要繼續向前。

親愛的，一切都是經驗，一切都會走過。當你走過了，一切就成了過眼雲煙。

離開情緒的漩渦

每次想到那件事，你就陷入一種自憐與哀愁，久久不能自拔。

親愛的，何苦如此？

生命之流應當往前，既然知道那是一個漩渦，就別讓自己每回都在同一個漩渦裡被受傷的情緒一再捲入、下沉，終至滅頂。

放下那種自憐與哀愁，超越那個漩渦，以輕快之姿往前奔流吧。

離開受傷的情緒漩渦，你才能展開更廣闊的自我。

你說出去的每一句話都有能量

言語有著滲透的能量，就像調入水中的水彩一樣。

如果是好話，就會在他人的心頭成為愉悅的滋養。相反的，若是傷人的話，也會在他人的心頭成為負面的影響。

親愛的，你說出去的每一句話都有能量，可能成就別人的人生中一幅美麗的畫，也可能成為難看的塗鴉。

何必邀請討厭的人來陪伴自己

你又想起了讓你不開心的人，想起他說過的那些傷害你的話，也想起他做過的那些讓你難過的事。

想著想著，你的心情下降，怒氣卻節節上升。

於是原本好好的一個早上或一個晚上，又被這個人搞砸了。無論你走到哪裡，無論你做什麼事，這個人都與你緊緊相依，如影隨形。

親愛的，每當你想著讓你不開心的人，就是對他發出邀請函，默許他來陪伴你，打擾你，破壞你。

但你並不歡迎他呀。

所以，放下他吧，隨他去，別再讓討厭的人來陪伴自己。

自我折磨像一面魔鏡

自我折磨像一面魔鏡，當你執意望著它時，就陷入了魔境。

這面魔鏡總會在低潮時刻自動出現，而且很容易就抓住你關注的視線，然後把你拖入更沮喪的深淵。

你想丟掉它，但你的頭腦不聽使喚，你就是禁不住要自哀自憐，讓自己原來已經一片淒風苦雨的心情更是雪上加霜。

這時請默唸以下九字箴言，解除魔咒——

別說了，別想了，過去了。

親愛的，別說了，別想了，過去了，所以別再自我折磨了。

不抱怨的人生才美好

有事讓你不開心，你抱怨。有人讓你不高興，你也抱怨。抱怨已成為你一種不自覺的習慣。

但事情沒有因為你的抱怨而改善，人們也不會因為你的抱怨而變好，相反的，當你抱怨愈多，一切就悄悄地愈惡化，然後又招來你更多的抱怨。而你並不知道，這其實是一種惡性循環。

因為言語是有能量的，在你使用負面語氣去強化時，只是更增加了負面的作用。而那都將作用到自己身上來。

讚美與感謝才能提升，所以，親愛的，停止抱怨吧，行使你的緘默權，別讓那些負面的語言繼續污染你的人生。

人人需要熱奶茶

冷冷的天裡，一杯熱呼呼的奶茶，會讓人感覺活了過來。

許多時候，你的所求不多，需要的不過就是那一點點的暖意。看起來很微薄，其實很重要。

同樣的，許多時候，別人渴望的也只是一些些的關心。有了那樣的關心，也許那人就有了繼續向前的勇氣。

所以，親愛的，請不要吝於付出你的善意。一絲絲的善意，也許就扭轉了一個人的命運。

沒有什麼過不去

火鍋是一種療癒系食物。冷冷的天裡，一碗濃縮所有食材菁華的熱湯總是讓你身心舒暢。

你也總是喜歡調製一碗加上蔥蒜辣椒沙茶油醋的蘸醬，辛辣酸甜的程度依當下的心境而定，然後夾起一片鮮美的魚片，蘸點兒醬汁送入口中，滿足了胃蕾，也化解了愁腸。

那麼，親愛的，約那個傷心的朋友一起去吃火鍋吧，只要一點點的關懷，就可以讓一個失意的人再度振作起來，覺得一切充滿希望。

啊，不會真有什麼過不去的！失落憂傷不過是白菜一碟，就丟進火鍋裡一併燙熟了吧。

是非愛恨總在轉瞬之間

絢爛的彩霞轉瞬之間可能成為烏雲。

早晨輕拂麥田的清風，到了下午卻是挾帶暴雨的狂風。

曾經讓你快樂的後來可能成為你的痛苦。

昨日深信不疑的誓言，今日卻是流水中的落花殘葉。

這世界上沒有永遠不變的擁有，是非只是一線之隔，愛恨總在轉瞬之間。

所以，親愛的，看淡一切得失吧，之於宇宙時間，這一切的一切也不過只是轉瞬之間。

總有一天一切都會成為回憶

總有一天，你會得到最後的平靜，他會得到真正的自由。那時，你們或許可以笑談其中曲折。

在此之前，你有你的難關，他有他的挑戰。這條路很寂寞，只有自己可以明白，也只有自己可以面對。

總有一天，你會再度迎接愛的來臨，那時一切將豁然開朗，或者你會看破情感的迷障，從此也無風雨也無晴。

只是親愛的，在那一天來臨之前，你必須學習放下這門課題，並且重新認識你自己。

那麼總有一天，一切都會過去。

一定總有一天，所有是是非非好好壞壞都將成為遠如雲煙的回憶。

Part 2

你的世界因為有你才存在

你即世界

詩人從每一片草葉的精緻繁複，看見了群星的運行。

神秘學家從每一顆露珠的映照，看見了海洋的奧秘。

這世界是個有機體，從小可以見大，從片面可以照觀全局。

而置身其中的你，就是這個宇宙的核心。

親愛的，你的世界因為有你才存在。或者說，你的世界也就是你。

你是露珠也是海洋，是草葉也是群星。

小草與玫瑰一樣可貴

你種下一株玫瑰，希望她開出美麗的花。

但花開了，一片野生的小草也綠油油地在周圍蔓延開來了。

該不該拔掉那些小草呢？

常識告訴你該除草，才能讓你所栽種的植物長得更好。但是這些草兒如此活潑嫩綠，也是一抹可愛悅人的風景。

你想，就讓小草們在這片土地上愉快地生長吧，這裡是它們選擇的家。

畢竟，野生的小草和家栽的玫瑰，一樣美麗，一樣都是可貴的生命。在神的眼中如此，在你的心裡亦是。

感覺一朵花的被愛

這片土地原本一片乾枯，但在一場雨後長了青草，開了遍地野花。你的心靈也需要接受雨露的滋潤，才能長成美麗的風景。

愛就是澆灌你的雨露，所以親愛的，請相信自己是被愛的。被天地愛著，被無所不在的存在所愛。

那麼就仰起你的臉，接受愛的洗禮吧。

想像你是一株植物，而上天的愛像澆灌你的水，沿著枝葉下流，直流到深深的根部，深深地滋潤了你。

然後，你會感到內在湧起一波一波往外擴散的喜悅，就像無數花瓣的花朵，一層一層地開花。

自由是可以不做什麼

自由不是想做什麼就可以做什麼，而是不想做什麼就可以不做什麼。

想做什麼就做什麼，往往流於個人的恣意妄為而終究破壞了什麼，給自己也給別人帶來麻煩。與其說這是自由，不如說這是任性。

不想做什麼而不做什麼，則是將自己從某種困局當中抽拔出來，站在一個更高的角度，看見更全觀的風景。

親愛的，因為領悟了什麼而放下了什麼，這才是真正的自由。

幻象的你與真實的你

你說，你常常覺得有兩個你，一個是心情容易被外界波動的你，一個是安然不動對一切保持靜觀的你。

兩個都是你，前者的你是自我構築的幻象，後者的你才是真正的存在本質。

自我是由一連串的情緒組織而成的，但那些沮喪悲傷、那些恐懼不安都是無根的，像雲影，像浪花。

但親愛的，你不是變幻不定的雲影，而是無邊遼闊的天空。

你也不是串起又散落的浪花，而是深邃無盡的海洋。

不要失去對愛的信仰

水，隨緣順性的水，滋養萬物的水，擁有貫穿一切的軟性能量。

但一旦在水中加入泥沙，這份流動的能量就漸漸僵固了。

一如你信仰愛的心靈，若是受了傷，對於愛有了懷疑，心就慢慢地硬化了。

親愛的，在任何狀況下，都不要失去對愛的信仰，別讓自己的心硬化成無法流動的水泥。

你不需要為別人的心情負責

別人的壞心情和壞天氣一樣，並不在你可以控制的範圍，也不該由你來負責。

別人的壞心情是發生在別人的小宇宙裡的氣象，有它的成因與路徑，你無法明白來由，也很難改變。

所以，看著別人的壞心情，就像看著遠方的衛星雲圖，知道目前不宜入境就好，不必把自己的心情也捲入。

親愛的，就像不要被壞天氣影響了自己的心情一樣，別人的心情，有時真的只能是別人的事情。

感受生命的熱情

親愛的，用掌心按著你的心，感覺看看。

是不是熱熱的？那是你內在的火燄。

內在的火燄是你對生命的熱情。如果你的內在是冷的，做任何事也就提不起勁；若你的內在是熱的，就會專注地去完成它。

工作如此，生活如此，愛與不愛也是如此。

一個內在冰冷的人，就像沒有點燈的夜晚，那是最可惜的失去。

所以，親愛的，要常常感受自己對生命的熱情，別讓你內在的火燄漸漸熄滅了。

世界上最珍貴的東西

你常常聽人說，你創造自己的世界。你想，這個世界不是神創造的嗎？怎麼會是人創造的呢？

親愛的，神創造了這個世界，但你對這個世界的感受則創造了屬於你自己的世界。

外在往往是內在的投射。你的內在是什麼樣的心境，外在這個世界就呈現什麼樣給你。

內在若是平靜安寧，外在的世界才會風和日麗。

內在若是充滿負面念頭，外在的一切也就刀光劍影。

所以，世界上最珍貴的東西，莫過於自己那清靜安定、無憂無懼、水晶般晶瑩剔透的心。

走不過去就飛過去吧

有些路，你用走的即可到達；也有些路，你只能用飛的。

心靈之路，就是一條飛翔的道路。

生命中最重要的問題，往往在現實上是無解的，因為那必然是屬於心靈層次的。

所以，當走不過去的時候，你只能飛過去了。

超越了原來的自我，親愛的，你才能得到心靈的成長。

如果有一個人

如果有一個人，和他在一起總是讓你很安心，彷彿是與自己在一起，可以做任何你想做的，也可以什麼都不做；可以說任何你想說的，也可以什麼都不說。那麼請你一定要珍惜，因為他是你的知己。

如果有一個人，就算沒和他在一起也讓你很安心，因為你知道他始終會在那裡，絕對不會因為任何變化而離去。那麼請你一定要感謝，因為不是每個人都能擁有這樣一個知己。

如果有這樣一個知己，勝過一百個點頭之交的朋友，甚至勝過一次刻骨銘心的愛情。

和愛他自己的人做朋友

當你難過的時候，有些朋友會表現他的關心，甚至會與你一起流淚。但親愛的，這樣的朋友還不算真正的朋友，畢竟有些人只是喜歡在他人的悲傷中自我滿足，甚至暗暗地感到某種優越。

但若你站上高峰，他還能衷心為你開心，那麼這就是真正的朋友了。

真正的朋友，不只可以分擔你的痛苦，還可以分享你的喜悅。

真正的朋友，會以你的憂愁為他的憂愁，以你的榮耀為他的榮耀。不嫉妒，不優越，不會有黑暗的心思，這樣的人，往往是很珍愛自己的人。

所以，親愛的，和愛他自己的人做朋友吧，因為這樣的人，也總是能發自內心地去愛人。

洗去心上的污痕

清晨或黃昏的散步。

感覺清風的溫柔，草葉的香氣。

仰望流雲聚散，凝視落葉飛舞。

一日中該有這樣的一段小時光，你從繁忙瑣碎的日常中抽身，既不遺憾過去也不憂慮未來，並暫忘所有現實中的身分；這時的你只有當下這個時空，感覺的是屬於一個人的自由與孤獨。

這是小小的洗心，洗去心上的負累與污痕。

就像洗過的衣服穿起來才會舒服，親愛的，每天也要洗心，才會看見心靈的素顏，那是你本來的面目。

接受完整的自己

完美是一種無限的追求，完整則是「當下已是一切可能最好的狀態」。

對完美的追求是一種永遠達不到的焦慮，對完整的認知則是「接納此時此刻這個自己的存在」。

完美有一套看似客觀其實飄渺的標準；完整則不需要任何努力，因為完整本身已是獨一無二了。

親愛的，你一直都是完整的，又何必去苦苦追求完美呢？

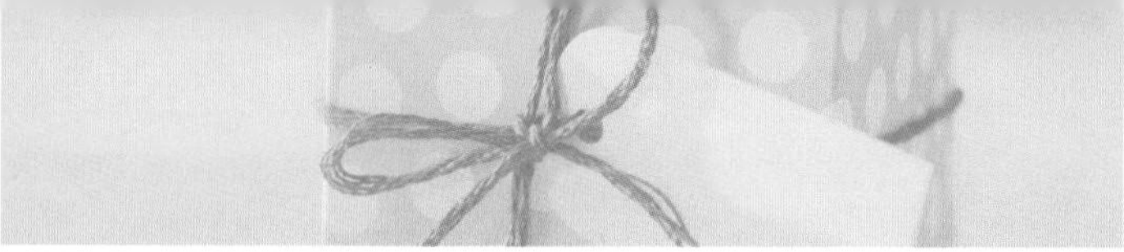

你值得擁有想要的一切

親愛的，你相信吸引力法則嗎？

所謂吸引力法則，就是你先在意識中感謝某樣東西的到來，那樣東西就會出現在你的現實中。

換句話說，若想擁有豐盛的金錢、美好的情感、快樂的生活，都要給自己肯定的信念，並感謝宇宙慷慨的給予。

所以請常常告訴自己：我值得擁有我想要的一切。

親愛的，你當然值得啊！因為你就是你自己世界的創造者，所以你當然值得擁有整個世界。

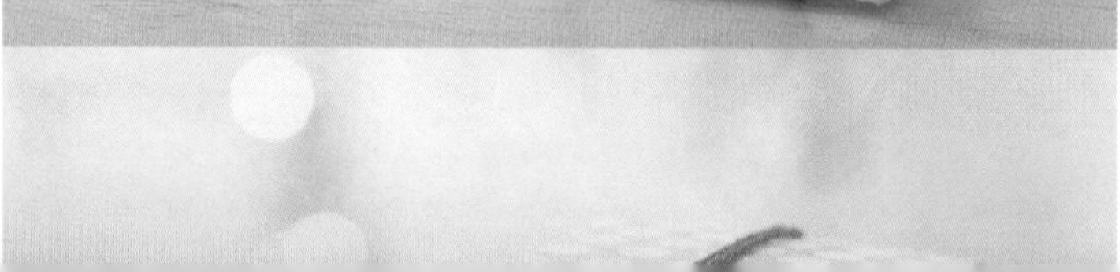

記得感謝花

非洲有一句諺語是這麼說的：吃果子時，記得感謝花。

花是果實的前身，是因為有了花的凋零，才有果實的發生。

人生總是如此，每一口甜美，都來自某種別人的努力，甚至某種犧牲。

所以，親愛的，不要為了你所擁有的覺得理所當然。要懂得感謝，感謝每一朵花開花謝，感謝每一日的陽光與星辰。

愛是一種自由

也許是因為太在乎，也許是因為缺乏安全感，你總是想緊緊抓住一份情感，於是在不知不覺之中，你就把甜美的擁有變成了霸道的占有。

但你愈是想抓緊一個人，那個人就愈想逃開。這樣的關係一旦形成，這份感情也就走向了必然的衰敗。

因為，在你企圖占有他的同時，你自己也會被那種焦慮的心態所占有，因此感到痛苦的不是只有他，還有你自己。而苦多樂少的兩人又怎麼能夠長久？

親愛的，真正的愛是一種放鬆，一種流動，而不是綑綁，不是掌控。

讓彼此都擁有自由，這樣的關係才有樂趣，才會和諧輕快，恰似流水悠悠。

讓宇宙之流帶你去該去的地方

有時候，你會覺得前路茫茫，沒關係，那就順著流走。

也有時候，你已選定了一條道路，卻頻頻碰壁，沒關係，先休息一陣子，然後也順著流走。

順著流走。Following the flow.

安靜下來，感覺心中那條水流，然後順著流走。

你是整個存在的一部分，你心中的水流也是整條宇宙大河的支流。

當你進入了這樣的流動，整個宇宙就會推動你，把你帶往該去的方向。

所以，親愛的，順著流走，把自己託付給整個存在的祝福，匯入宇宙大河的流動之中。

自信讓你發光

那看起來只是一個平凡無奇的罩子，但一旦點亮了它，瞬間卻成為一盞璀璨的燈。

是因為光的緣故。光是不可思議的魔術。

任何事物有了光，就成為閃閃發亮的存在，而親愛的，你也是這樣的。

無光的你總是有些黯淡。有光的你，卻充滿令人目眩神迷的魅力。

自信就是你的光。相信自己，你就能發光。

親愛的，要當一盞點亮的燈，發揮屬於你的天賦，展現你獨一無二的光芒。

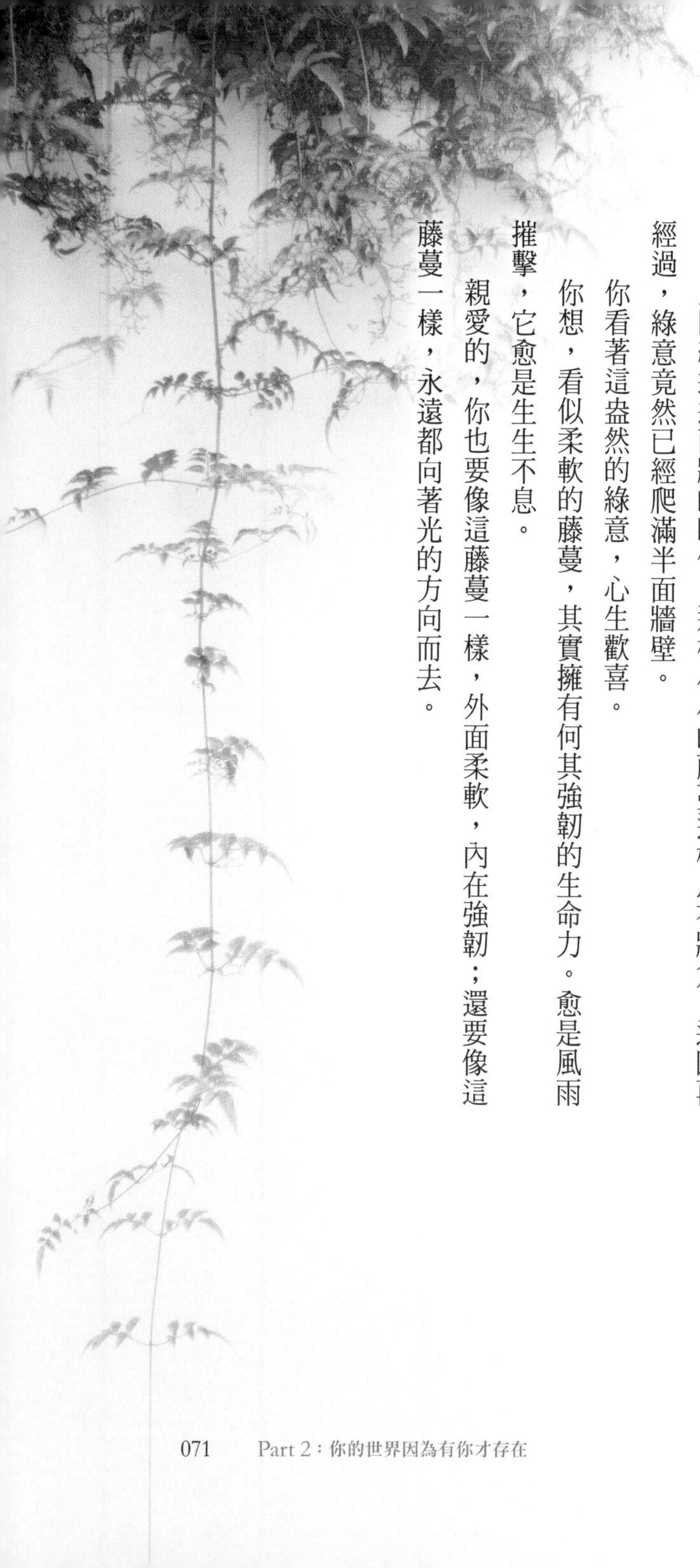

像藤蔓一樣的向光性

上回經過這面牆的時候，那株小小的藤蔓還棲息在牆角。這回再經過，綠意竟然已經爬滿半面牆壁。

你看著這盎然的綠意，心生歡喜。

你想，看似柔軟的藤蔓，其實擁有何其強韌的生命力。愈是風雨摧擊，它愈是生生不息。

親愛的，你也要像這藤蔓一樣，外面柔軟，內在強韌；還要像這藤蔓一樣，永遠都向著光的方向而去。

做一個自己喜歡的美夢

你常常覺得人生如夢。

更多的時候，你相信人生就是夢。

因為是夢，所以你對很多事也就不在意，無論快樂或痛苦都很容易放下，就算被傷害了亦不會耿耿於懷。

反正是夢，也許下一刻就會醒來，有什麼好牽掛計較呢？你說。

這樣的灑脫當然很好，但即使人生是夢，也要讓自己作好夢啊。

所以該積極的時候要積極，該入戲的時候要入戲，而不是渾渾噩噩，懶散度日。

人生確實是夢，也唯有你是自己的造夢人。

因此，親愛的，認真去作夢吧，好好作一個自己喜歡的美夢，千萬別給自己製造難以逃脫的噩夢。

讚美的話是盛開的花

有個科學家做了一個實驗。他天天到樹林中去，對著其中一棵樹說讚美的話，卻對另一棵樹厲聲斥罵；不久之後，被讚美的樹愈加欣欣向榮，被責罵的樹卻奄奄一息了。

由此可見話語的力量，對樹如此，對人更是一言地獄一言天堂。也不僅是聽話的人會產生影響，說話的人也一樣。一個常常誠心對別人說好話的人，心會愈來愈甜；而無法讚美別人的人，一定有著一顆苦味的心。

所以，親愛的，用好言好語代替冷言冷語吧，讓自己的心溫熱起來，那不只是讓別人好過，也為了自己可以感到快樂。

讚美的話像是盛開的花。當你讚美了別人，就像送花給他，他得到美麗的花，你的手上也留有餘香。

向鬱金香學習

含苞的鬱金香，就像一張欲語還休的嘴唇，藏著一個耐人尋味的秘密。

盛開的鬱金香，則像一個發自內心的微笑，那是從花心深處往外擴散的笑意，所以才會那麼美麗。

親愛的，當你安靜的時候，彷彿也藏著一個秘密。

而當你每一次微笑，也要從心裡很深很深的地方，像盛開的鬱金香那樣，衷心地綻放。

那麼，你的安靜也將帶著花的芬芳，你的微笑也會像花兒那樣美麗。

你的心像天空一樣不留痕跡

你可以劃分土地，卻無法切割天空。

土地有各自為政的疆界，但天空何曾有過邊沿？

就像你可能這個時刻快樂，下個時刻悲傷，但你的本心一直是無盡的虛空，可以接納所有無常變化，也可以映照一切流過的經驗。

也像天空一樣，有時陽光普照，有時烏雲滿天，但它從未留下任何刻痕，無論你經歷過怎樣風波動盪的人生，你的本質還是不變。

親愛的，仰望天空，彷彿回到自己的內心，兩相對照，都是不生不滅，不垢不淨，不增不減。

你相信的都會實現

小心檢視你的核心信念，因為它們必然會實現。

心想事成這件事是真的，只是那並非基於你的表面期望，而是來自更深的潛意識。

而你的潛意識屬於夢境的層次，從這裡發出的美夢都會成真，但噩夢實現也是你召喚的結果。

所以，你必須常常提燈往自己的內在去探尋，去檢視自己的核心信念，去仔細看看你的心底深處相信的是愛還是恐懼，是光明還是黑暗。

外在是內在的投射，親愛的，你心裡是怎麼看待人生的，人生就會以你相信的方式來呈現，美夢如此，噩夢也如此。

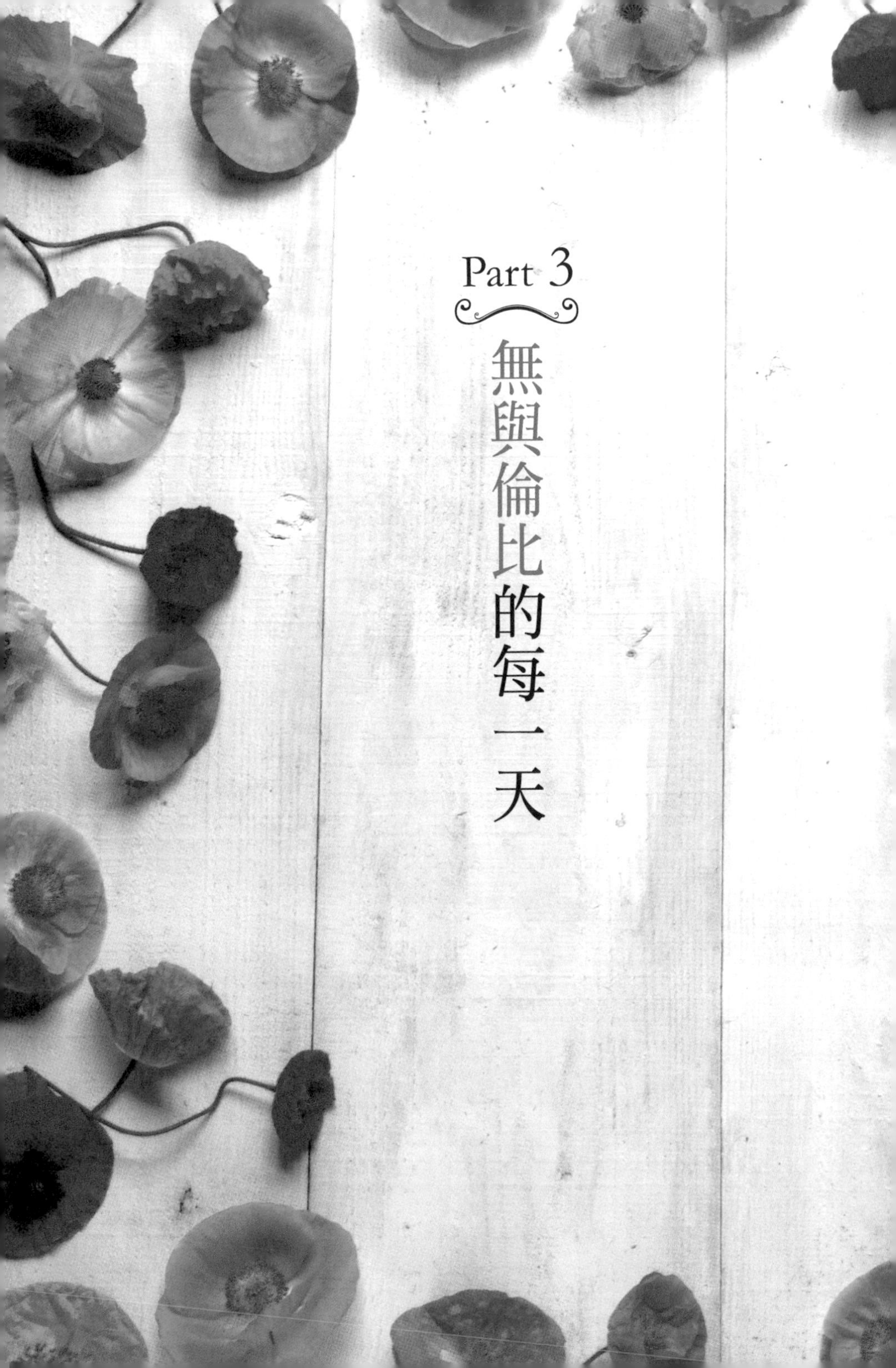

Part 3

無與倫比的每一天

美好的十件事

每天臨睡前，回想這一天，你是快樂多還是悔恨多？

找出這一天讓你開心的十件事吧。或許是接到好友的來電，或許是看見雨後美麗的彩虹。

你說這一天過得不怎樣，實在找不出讓你開心的十件事。不會的，一定有的，美好無處不在，再細微也是美好。或許是吃到美味的麵包，或許是路上有可愛的孩子對你微笑。

親愛的，學著去看見去發現生活中的美好，因為境隨心轉的緣故，不久之後你就會覺得，原來一切真的都很好。

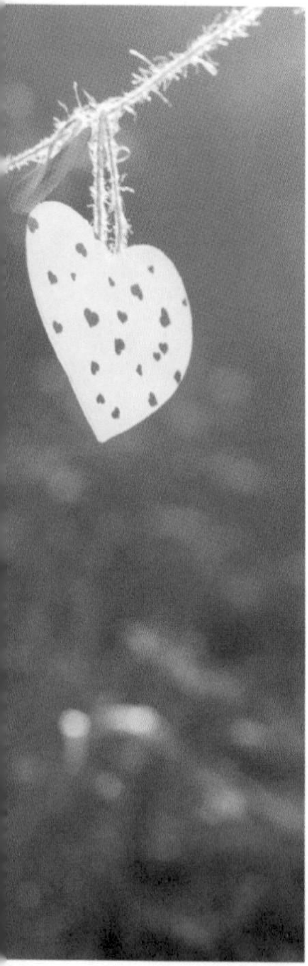

世界因心定而安穩

風吹過，揚起一地落葉飄飄。

你想，不安的落葉啊。

但你接著又想，不，如果不是風，葉是不會動的；所以，不是落葉不安，而是風太不定。

就像那件事，本來並未進入你的意識，是你牽掛了它，它才成為你的心事。

親愛的，風息了，落葉就靜止了。心定了，世界就安穩了。

默默蘊積安靜的力量

親愛的，在應當保持緘默的時候別說太多，因為話多往往破綻也多。

一個總是滔滔不絕的人看起來存在感很強，但他也許只是以言語來掩飾強烈的不安。

而一個安靜低調的人，從不喋喋不休地自我炫耀，內在卻默默蘊積，涵養著獨特的光芒。

就像清淺的小溪才會琤琤琮琮地說個不停，而深厚強勁的水流卻能聚集成安靜的大河，蘊藏著深不可測的力量。

懂得感謝的人是快樂的人

你問，為什麼對別人來說好像可以輕易擁有的，對你來說卻像天邊的飛鳥一樣，無比遙遠又難以掌握？

但你一定也有別人再怎麼辛苦追求也求不到的，也許是你明亮的眼睛，也許是你健康的身體。有太多人一出生就帶著無法改變的缺憾，還有更多人所冀求的不過是還能看見明日的陽光。

感謝那些你所擁有的，你將發現有太多幸福難以一一細數。

親愛的，常常想著那些值得感謝的人事物，可以讓你瞬間離開情緒的低谷。

上天疼愛懂得感謝的人

這是一則寓言。

一個又累又渴的旅人，長途跋涉之後，在一棵樹下休息。

雖然一無所有，雖然前路茫茫，但這個旅人還是歡歡喜喜地感受這棵樹的涼蔭，並為了當下這美好的一刻衷心感謝上帝。

於是他仰天禱告。

而當他抬頭看著天空時，才發現自己正站在一棵蘋果樹下，樹上結滿了紅紅的蘋果。

在生命中的某個階段，親愛的，你很可能就是這個邂逅蘋果樹的旅人。

當你面對艱難，還願意心存感謝，並且仰望天空，那麼上天必然也將給予你甜美的果子，在祂的應許之中。

煩惱像煙霧一樣縹緲

因為煩惱著那件事，你魂不守舍，食不下嚥。

你說，你就是無法不想著那件事，你就是不能不被煩惱所籠罩。它覆蓋了你的生活和心情，讓你眉頭深鎖，讓你憂心忡忡。

你說，你也不想這樣啊，但你就是擺脫不了這個煩惱。

那麼，專心煩惱你的煩惱吧。從現在開始，什麼事都別做別想，只要專注在煩惱上就好。

於是你發現，其實你很難只想著你的煩惱，你總是會分心去想其他不相干的事。心思飄游在諸事之間，原來的煩惱也變得微不足道了。

親愛的，當你煩惱的時候，就專心去煩惱，而你將知道，其實煩惱並沒有生根，它是如煙如霧一樣的本質，當你想抓住它，它反而會煙消雲散。

LOVE

丟掉無用的情緒

有些情緒，真的是無用的。

例如憂慮，那只是讓人不安地走來走去，無法定住於當下，恓恓惶惶而已。憂慮是因為缺乏安全感而產生的，它不能成就任何事情。

憤怒或許還能刺激出行動力，但憂慮是一種下墜的負面能量，徒然令人癱瘓罷了。

因此，親愛的，丟掉這種無用的情緒吧。

既然憂慮是因為缺乏安全感而產生

的，那麼也許你需要的是更信任這個世界，也更信任你所愛的人。

就像黑暗本身不存在而是缺乏光一樣，憂慮也是一種虛幻的感覺，缺乏的是信任。

那麼，把信任帶進來，憂慮將不存在，就像把光帶進來，黑暗就不存在一樣。

同理他的心

那台音響線路沒有接好，所以出來的不是美妙的音樂，而是刺耳的雜音。

就像你的一番好意，若是沒有和對方心靈相通，也會被曲解為你對他的惡評。

關於溝通，彼此要在同一條線路上，才有互相了解的可能。

在一起的兩個人會覺得寂寞，往往是溝通出了差錯。就算你的心裡唱的歌再美妙，若他不能接收，也無法產生共鳴。

所以，親愛的，先同理對方的心，再說出你想說的話，才能進入他的心，別讓你的好意成為虛空中的雜音。

眼神可以讀心

想知道一個人的心，就看著他的眼睛。

眼神直達內心，一切無所掩藏。也許話可以說得擲地有聲，也許表情可以表現得無懈可擊，但是眼神是清澈還是陰暗，卻一無遮閉地展現了一個人內在的真心。

眼睛一旦污濁，就表示心地被陰暗入侵。心若是不美了，人生也會漸漸變醜。

所以，親愛的，保守你的心，再沒有比這更重要的了。擁有良善的心，生命才有光，也才能擁有明亮的眼睛。

別為任何人放棄自由

你不明白養鳥有什麼樂趣？為什麼要把鳥兒關在籠子裡？
你也不明白釣魚有什麼意思？為什麼要把魚兒拖離水面？
失去天空的鳥兒還會快樂嗎？失去流水的魚兒還能悠遊嗎？
那麼，親愛的，你又何必緊緊抓住那段其實並不輕鬆的情感呢？
當一隻自由的鳥，你才能擁有整個天空。
當一隻自由的魚，你才能在流水中悠遊。
放開了一段不快樂的情感，你才能得到做自己的自由。

你是安全的

有時你會覺得不安。在這個茫茫人海的世界裡，就算有再多的朋友，偶爾你依然感到無助孤單。

你也總是有一種隱隱的憂慮。你不知道無常意外會不會忽然降臨，抹去你所擁有的一切，讓你瞬間陷入絕望的深淵？

每個人都會在某種時刻有這樣的不安全感，但那只是負面的幻想。看著它，知道它是假的，它就不會繼續為難你了。

這個世界是由善意的循環來運作的。親愛的，只要相信總有天使常相左右，相信時時刻刻有神眷顧，你就會知道，自己是被愛被保護的，你是安全的。

不要期待回報

付出是快樂的，但如果期待回報，就會帶來痛苦。

所以，告訴自己，那不只是付出，也是分享。

分享的當下，你已經獲得了快樂。分享過後，就忘了它吧。

耿耿於懷別人的反應或是連反應都沒有，這只會讓你不是滋味，

也失去了無條件分享的樂趣。

所以，親愛的，自己對別人的好，別去記得比較好。

聽起來很弔詭，但真的是這樣——忘掉付出，你才可以記得付出的快樂。

浮躁的時候深呼吸

近日裡，你總覺得很浮躁。

太多的外在波動，太多的內在困惑，總讓你處在一種起伏擺盪的狀態，什麼都無法確定，什麼也不能依賴，一顆心像沒有碼頭的小船，無法靠岸。

那麼，深呼吸，閉上眼睛，悠長地深呼吸，感覺自己內在的韻律，像是給自己一遍遍地打氣。

所有的憂慮煩擾都退後，此刻只有你與你的呼吸，感覺自己像是涼風穿過的窗，風中有撫慰人心的花香。

於是你漸漸感到靜定平和，困惑還在，但是淡了；波動還有，但也不太能影響你了。

親愛的，內境與外境總是相互交融的，所以當感覺浮躁的時刻，先從內在安靜下來吧。

而已

想太多，只是讓腦袋像泡水的麵包，發漲而已。

喋喋不休的腦子裡有好多此起彼落的聲音，只是讓正反兩方的能量相互抵銷而已。

所以，別想了，世界不會在你不想的時候轟然倒塌，它會照常運轉，只是你需要放鬆而已。

所以所以，有時最好的做法就是什麼也不做，只要信任宇宙善意的帶領，交給時間去處理，這樣而已。

親愛的，讓頭腦安靜下來，讓內在一片寂靜空無。

於是當你再想起那件事的時候，你會發現，其實也沒那麼糾結，那麼困難，先前想太多，原來只是自苦而已。

自編自演的劇本

有時候，你會陷入一種自導自演的狀況。

一切的想像都在你的心裡發生，而你已經認定就是那麼回事，然後你不知不覺被自己的情緒導引，演出自己所編的劇本。

例如說，當你與某個人擦身而過的時候他臉上沒有笑意，你因此不安地懷疑，他是不是討厭你？是的，你想，他一定不喜歡你。那為什麼他不喜歡你？是的，你又想，一定是因為怎樣怎樣怎樣……於是你就陷入自己內心的劇本，於是你下回看見他的時候也對他置之不理，於是兩人之間產生了心結，於是從此他真的不喜歡你。

但也許，在一開始的時候，當他與你擦身而過，只是因為他身體不舒服，所以臉上才沒有笑意，與你根本沒有關係。

親愛的，這就是你自編自演的劇本。人與人之間的心結，就是這麼來的。

所以，當與別人之間產生一些微妙的狀況時，請回到自己的內心，看看是否在不知不覺之中陷入自編的劇本；並告訴自己，停止內心的喃喃自語，別再演出你不喜歡的戲。

執著是自己編織的故事

不知從什麼時候開始，你悄悄地對喜歡的那個人產生了執著，於是你的腦子開始為這份執著編織故事。

你只看見你想看見的，也只聽見你想聽見的，不符合你所想的就一概不理；終於你漸漸陷入自己編織的網羅，被這個想像的故事所捕捉，也因為那一切的看似合理而難以逃脫。

你所執著的，必然會帶給你快樂，但也一定會帶來更深的痛苦，你深陷其中，看不出那是自己編織的幻象。

親愛的，如果放不下這份執著，那也沒關係，但至少你該知道，這一切內心戲的情節皆是你自己所製造。

因為是自己編織的故事，所以當有一天你願意放下的時候，也只有自己可以拆除。

你無法控制每件事情

沒有安全感的人，通常也是個控制狂。

因為常常感到不安，所以事事都要在掌控之內才安心。

但不安是永無止境的，因此控制狂總是把自己弄得緊張兮兮，也讓旁人覺得無法呼吸。

不能放鬆的控制狂，活得好累啊。結果最容易失控的，往往就是控制狂。

親愛的，你是個控制狂嗎？試著放下那種凡事都要確認、都要掌握的堅持吧。別再以自己的標準為唯一的標準。

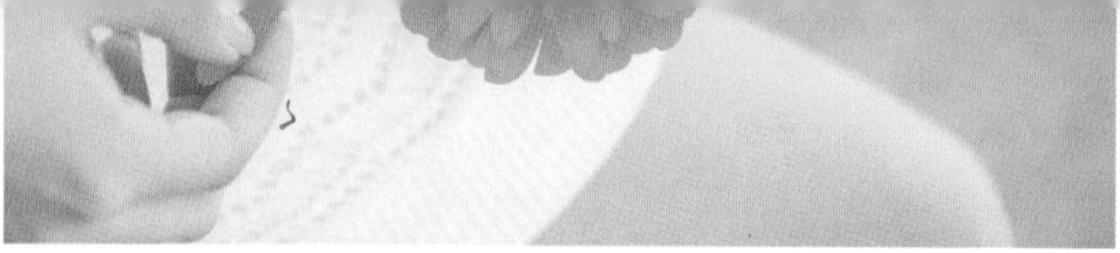

只能改變自己

你無法用念力彎曲一根湯匙，也無法把自由女神變不見。

你不能擋住一列疾駛中的火車，也不能召喚虛空中的精靈。

你有太多做不到的，也有太多難以企及的。

雖然你總希望改變別人，也希望改變這個世界，但後來才發現什麼也沒有改變。

親愛的，你唯一可以改變的，只有你自己。

改變自己的心，改變自己看待這個世界的眼光。

而你將發現，當你改變了自己，一切都隨之改變。

每個人的生命中都有一個缺口

你說，別人的人生好像都比你幸福快樂，為什麼你就如此苦楚繁多？

親愛的，你看見的只是表相。別人沒有必要對你展現他的煩惱，所以你並不知道每一扇門後面藏著怎樣的故事。

或許是求不得的健康，或許是放不下的別離，或許是難以啟口的心靈創傷。

所謂完美的人生是不存在的，每個人的生命中都有一個缺口。

但也就是因為有了缺口，所以才有往內探索的入口。

有了往內探索的入口，你才能找到心靈的幽徑，看見屬於自己獨特的生命風景。

沉默是最後的溫柔

一段感情走到盡頭，沉默或許是最後該有的溫柔。

有太多話欲語還休，可是在傷心的時候，說出來的話總是自憐；在痛苦的當下，所說的話更像是在責備對方。那些負面的言語既不能改變結局，也無法讓自己好過。

所以你選擇不說，你不想要一出口就是滿腹怨尤。

因此沉默是你最後的溫柔，即使會讓人誤會了你的冷淡，也不過是為了讓彼此好聚好散，也讓美好封存，怨懟保留。

進入深林像進入自己的內心

心情不優的時候，不要坐困愁城，到山林裡去走一走吧。靜靜聆聽風拂過樹葉的沙沙聲音，讓深深淺淺的綠意安慰你的眼睛。在山林裡，起伏的情緒都被撫平，無解的心事都被傾聽，你被包覆在山林的懷抱裡，被整個存在的愛療癒。

於是你覺得內在滿滿的都是喜悅與恩寵，於是你又重新被注入了熱情與勇氣，可以再度去面對一個未知的世界。

親愛的，常常親近山林，感覺內外合一的寧靜；你愈往它的深處走去，就像愈深入自己的內心。

情緒是虛幻之蟲

負面情緒是一種微小瑣碎的感覺，像不知名的小蟲囓咬，蛀蝕了心靈的花朵，也讓你渾身不自在。

但親愛的，那些小蟲其實都是你想像出來的，它們並不真的存在。

情緒說起來其實是一種自導自演的內心戲，當你發現它正在你心中悄悄上演的時候，就停下心的運作，靜靜地看著自己。

看著自己的擔憂、焦慮、憤怒、傷心……讓自己平靜下來。

心是一朵花，親愛的，別讓虛幻的情緒之蟲蛀蝕了它。

有些人只能是陌生人

這世界上有情投意合的人，也有虛情假意的人；有可以託付真心的人，也有不能理解你的人；有無條件支持你的人，也有故意曲解你的人。

不是所有的人都能一視同仁。

所以，親愛的，好好珍惜待你好的人，也遠離那些無法正視你的人；要記得，有些人不能當朋友，也不值得做敵人，最適合他的位子，是從此不再想起的陌生人。

愛從放鬆開始

你說你愛他，因此你時時想知道他在哪裡？在做什麼？他的言行與心思，你都要一一掌握。

你說你愛他，所以你常常要確認他也愛你。如果他沒有回報相等的情感，你就感到憂慮憤怒。

但是，這真的是愛嗎？讓你想緊緊抓住的，從來不是愛，而是執著。執著只會帶來緊張的關係，讓兩個人都痛苦而已。

所以，親愛的，試著鬆手吧。愛是從放鬆開始。一旦鬆開了執著，真正的愛才有機會注入。

平安就是幸福

心中平安無事的時候，就是幸福。

沒有什麼要擔憂的，也沒有什麼要牽掛的，心的風景像一片青綠的草原，連接著淡藍的天，輕輕的風一陣陣吹過，但不會揚起任何塵沙，如此寧靜。

是的，經過人生的種種波折之後，你深刻地明白，原來平安就是幸福。

平安不是從外界得來，而是隨時可以放下那些擔憂牽掛，超越一切現實的擾攘，看穿幻象。

親愛的，外界永遠在起伏動盪，但你的心自始至終可以靜定安然。

所以，每天早晨，送這樣的祝福給自己，願自己一日平安。

每天睡前，也為這樣的幸福感謝上天，謝謝祂賜予一日平安。

Part 4

此時此刻，就是最美的當下

今天是美麗海洋

相信好事會發生，就會發生好事。因為你的信念具有磁性，會招來與它相應的事件。

所以，就是現在，乘著希望的船出海，升起勇氣的風帆吧。

整座蔚藍的海洋和天空都是你的，前方無限遼闊，你需要的只是出發，因為今天是美麗海洋。

發現微小的美好

對於周圍的一切，你有很多不平，很多抱怨，但再多的怨言也不能讓你的環境變好。

試試看去發現生活裡一些微小的美好，並從那些小地方去讚美與感謝。

美好是一種力量，它會感染的。漸漸的，你會發現有更多值得讚美與感謝之處；慢慢的，你會發現你的環境變了，變成一個讓你感到舒適的地方。

親愛的，讚美與感謝，總是可以讓你在落地之處開花。

因為發現微小的美好，所以你成為環境的主人，而不是被環境所左右。

因為發現微小的美好，所以你能隨遇而安，而不是隨波逐流。

好好對待愛你的人

常常，你對於別人都很好，卻對愛你的人很壞。

當然你心裡會有某種罪惡感，但態度卻始終改不過來。

你想，反正日子還長，以後對他加倍地好就好了，但這個「以後」一延再延，成了一個渺渺的未來。

而你沒有想到的是，有一天愛你的人竟然會離開。

愛有時，不愛有時；緣分有時，離別有時。你永遠不知道，「以後」會以怎樣的形式與內容到來。

也許有一天，也許就是明天，一切就與今天不同了，可能是他不在，可能是他的愛不在，也可能是他與他的愛都不在。

所以，親愛的，在還來得及的時候，好好對待愛你的人，別讓一切都來不及的悔恨，到了以後才明白。

順其自然就好了

有些時候，無論你怎麼努力，就是達不到想要的目標。

也有些時候，你沒怎麼努力，卻輕輕鬆鬆得到豐富的獎賞。

有太多事是你不明白的，有太多狀況是在你能力之外的；人不能代理上天，你也無法掌握全世界。

所以順其自然吧，不要時時刻刻緊握拳頭，適時地放下反而有意想不到的收穫。

就好像，不管今天如何清理你的庭院，到了明天，會開的花還是會開，會落的葉還是會落。

上天一向有祂神秘的旨意，昨日的謎往往多年後才會解開。所以親愛的，努力可以努力的，結果就交給上天去安排。

旅行的意義

親愛的，你喜歡旅行嗎？

旅行不是走馬看花，到此一遊，拍照留念與 shopping。那樣只能算是到過那個地方，而非旅行。

旅行是用雙腳走出屬於自己的地圖，用眼睛記錄獨一無二的印象風景。

旅行是為了在往未知前進的路途上，發現一個不一樣的自己。

旅行會讓你的視野更加遼闊，也讓你的心與世界合一。

旅行最重要的意義，則是有一個家，永遠守護在那裡，等待你回去。

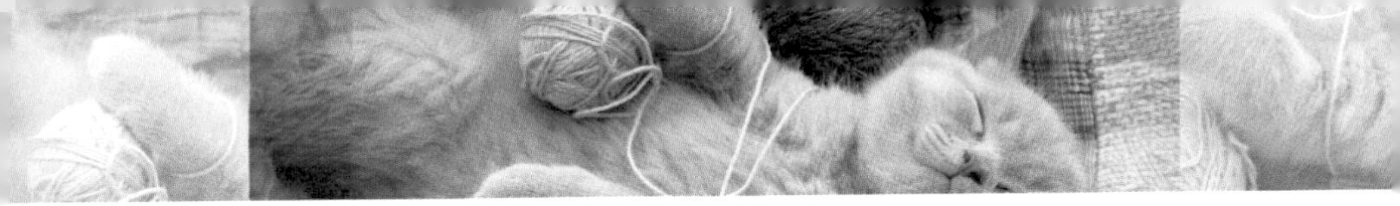

常常提醒自己放輕鬆

有人說，想要一切順利，就不要太認真。

聽起來有點矛盾，但仔細想想卻是如此。

因為太認真的時候，你一定不輕鬆。因為不輕鬆，得失心會很重，一點點小挫折就可能擊垮你，很容易將一蹶不振。

再想想，人世間最重要的東西，也不是靠努力得來的。

例如快樂，緊繃的人是不會快樂的。

例如愛，緊張的對待是沒有愛的。

親愛的，無論是快樂還是愛，都是因為懂得放鬆而來的。

因為放鬆，你與他的關係才能愉悅地流動。

因為放鬆，你接受當下的一切，快樂自在其中。

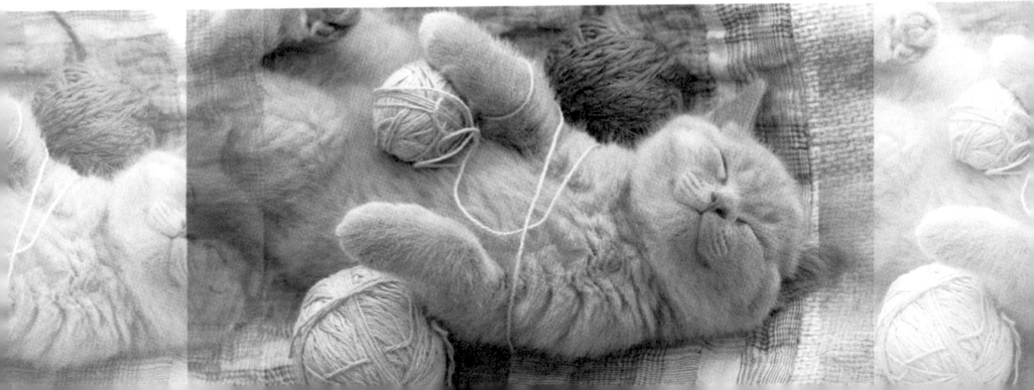

不要因為錯過而遺憾

有些事如果現在不做，以後可能就再也沒機會做了。
有些話如果現在不說，以後可能就再也沒機會說了。
時間如流水，過了就是過了，而你想做的想說的卻不該就這樣白白流過了。
親愛的，寧可因為做錯而懊惱，也不要因為錯過而遺憾。
遺憾是一種刺痛的空洞，那往往比錯誤更惱人，也往往伴隨終生。
所以就做了吧。即使錯了，至少你做了；因為做了，就算錯了也可以無憾了。

還好就好了

是的，那件事情，你確實沒有表現到最好。

但是親愛的，本來就沒有所謂的最好啊。

還好就好了，執意追求虛幻的「最好」，只是和自己過不去，而且永遠也達不到。

再說許多細節別人其實不會太注意，只有你自己會在意。

所以放過自己吧，不管怎麼樣，事情已經發生了也完成了，那個當下早就過去了。

所以回到這個當下吧，只有現在是真實的，過去的已成逝去的夢境了。

永遠沒有永遠

你曾經希望自己永遠是個受寵的孩子，也曾經希望那人永遠都是深情的愛人。

你曾經希望那樣的快樂永遠不會消失，也曾經希望永遠可以擁有不變的青春。

但你心裡其實很明白，這樣的希望只是不可能實現的奢望。

時間總是在流，萬事萬物無法恆久，你無法停留在百花盛開的春天，總要經過炎夏與寒冬。

但親愛的，雖然永遠沒有永遠，你卻永遠可以期待下一個春天到來。

時間一直在走

你問，這世界上有什麼永遠不變的事物嗎？

親愛的，月圓月缺，日昇日落，這世界是以一種週而復始的狀態在運作的。所以沒有永遠，也沒有不變。

你說，花會謝，人會老，景物會凋零，情感會消亡，這樣好悲傷。

時間確實有它的殘酷之處，總在不知不覺之間將一切徹底翻轉，公主可能變成巫婆，王子也可能失去他的王位與寶劍。

可是時間同時也很仁慈，會消融冰雪，把冬天變成春天。

然而明年的春天不會是今年的春天，就像久別重逢的也不會是不變的人。

世事無常，親愛的，你無法期待永遠不變的事物，你只能珍惜每一個永不復返的當下。

已過去的就要讓它徹底過去

你總是在一段感情開始之前就先看見結束。所以，當這段感情真的走到盡頭時，你每每困惑不已：這樣的必然是哀愁的預感？還是自我暗示造成的結果？

親愛的，唯一可以確定的是，再怎麼愁腸百轉，已過去的就要讓它徹底過去，未來要來的才會到來。

河水滔滔不能倒流，昨夜的星空已成一去不返的往昔。明日還有未知的路途要奔赴，路上還會開滿芳草與花朵。

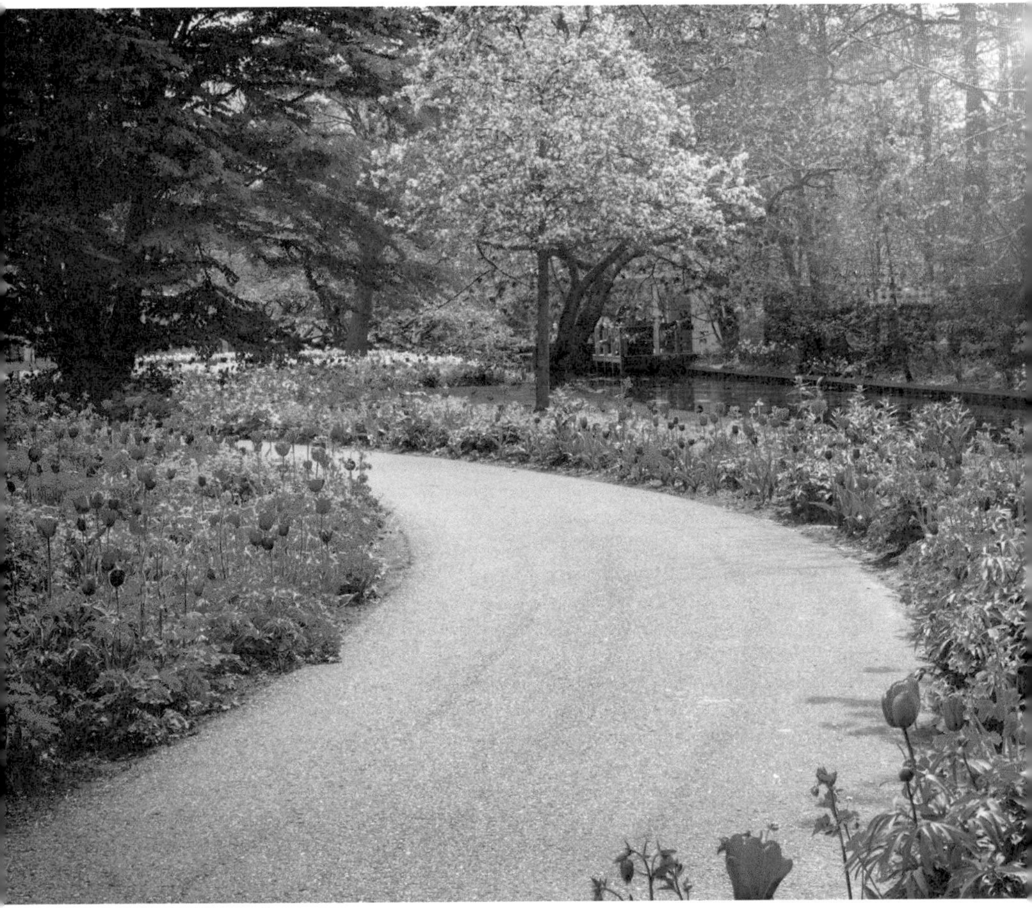

人生是一場遊戲

你總是在還沒去做一件事之前，就先決定一個目的。因此，你也總是失去了一些驚喜，一些樂趣。

但是做任何事不是一定要有一個目的。

就好像小孩的遊戲一樣，不為什麼而做的事，往往才是最有趣的。

因此，何妨把人生這一切看成一場遊戲，沒有目的的遊戲。

隨遇而安，讓一切自然發生吧。帶著遊戲般探索的心情，只是感受每一個當下的過程，並且輕鬆以對，那就對了。

親愛的，或許沒有目的就是最棒的目的。

不要擔憂明日

親愛的，為什麼一臉憂愁？

「因為我擔憂明日……」你說。

啊，明日如何，明日才知道。在明日到來之前，一切都是想像而已。可以確定的是，當你預設了一個讓人擔憂的明日，心念的力量就會在現實中呈現你所想像的，這是所謂吸引力法則。

所以，不要擔憂明日，而是期待明日。也不要因為擔憂明日，而任由當下白白流逝。

再見之後即是離別

你永遠不知道，每一次的再見，會不會有下一次的相見？你永遠不知道，每一次的離別，是不是最後一次的離別？

曾經你以為機會還多，時間還長，慢慢地你發現，往往和某個人道了再見，後來真的就再也沒有見。

也許是漸漸失去了聯絡，也許是意想不到的無常。

於是你才恍然明白，人與人之間的緣分是限定的時光，也許這一回轉身，從此就是一生。

現在的他在哪裡？過得好嗎？還記得你嗎？想起他的時候，你心裡總有淡淡的悵惘。有些一直沒有對他說的話，也許已經永遠沒有機會說了。

親愛的，再見之後即是離別，所以請你一定要好好對待每一個人，也好好珍惜每一回相處的時光。

恆久的快樂與一時的得失無關

沒有的時候，你因為渴望擁有而不快樂。
擁有的時候，你因為擔憂失去而不快樂。
失去的時候，你更是名正言順地不快樂了。
人生是這樣一個無限迴圈，不是沒有就是擁有，不是渴求就是擔憂。
那麼倒底要怎樣才能快樂？
試著去誠心誠意地接受每一個當下的自己，試著去全心全意地感受擁有的喜悅與沒有的輕鬆。
親愛的，快樂無關外在得失，而是當下的安寧與自由。

拿回自己的快樂主控權

想著別人該如何讓自己快樂，結果帶來的一定是痛苦。

想著自己可以如何讓別人快樂，才會擁有真正的快樂。

期待別人，這種心情一開始就預設了渴求，而且永遠難以滿足。

唯有自己能給自己快樂，也讓別人能因為你的存在而快樂，你才能成為快樂的源頭。

所以，親愛的，把快樂的主控權交還給自己吧。快樂在於你所給予的，而不是你索求得來的。

潔淨環境就是潔淨心境

房間的角落裡堆積了廢棄不用的雜物，屋子就不清爽。

心靈的角落裡堆積了各種負面的情緒與回憶，感覺也就不會清新與輕盈。

所以，要常常清掃你的心靈，就像清掃你的屋子一樣。

若是不知道心靈該從何處清掃起，那麼就先從打掃屋子做起吧。

單純的勞動充滿療癒的能量。在清掃的當下，一切都很平靜，沒有過去與未來，只有眼前等著你去拂拭的印痕。

當清掃完成，這個世界彷彿又回到了原先整潔安然的秩序，一切彷彿也都可以再度放心。

潔淨了環境，往往也就潔淨了心境。所以，親愛的，動手吧，給自己一個清爽的屋子，一個清淨的心靈。

總在事過境遷之後才明白

往往是這樣的，雖然身在其中，你卻不知其中。

也唯有離開之後，回頭再望，你才能明白許多先前未能明白的事情。

這就好像，如果想看見一座城市，你必須爬到高處，才能一目了然底下風光。

當你置身其中，你只能看見眼前，無法照觀全局。

所以，親愛的，許多事情要等到事過境遷，你才能真正了解那是怎麼一回事；許多人也要等到別離之後，你才能懂得那是一份怎樣的情感。

去做就是了

你總是信心不夠，不知道自己能不能達到想要的目標，因此你躊躇徘徊，裹足不前。

也因此，當時間不斷流逝，你只是依然原地踏步，沒有成就什麼，也不曾證明什麼。

親愛的，你希望對自己有信心嗎？那就停止懷疑，去做就是了。

信心是在行動之中產生的，所以開始行動吧！當你有了行動，就會走出一條愈來愈清楚的道路。

從專心呼吸把感覺找回來

太多事要做，太多事要想，太多的忙碌讓你分身乏術，心也枯竭了。

你幾乎失去了感受當下的能力。你像一陣風一樣地來來去去。你忽略了每一個細節的當下。你沒有別的感覺了，只覺得自己像一部轟隆隆高速運轉、心卻怠速停滯的機器。

親愛的，靜下來，什麼也別做，什麼也別想，只是靜下來，靜靜坐著，讓自己完全放鬆，好好感覺當下這一刻。

感覺自己正活著，呼吸著。

從呼吸開始，把感覺找回來。親愛的，從每一個深長的呼吸，感覺枯竭的心再度湧起如水的流動。

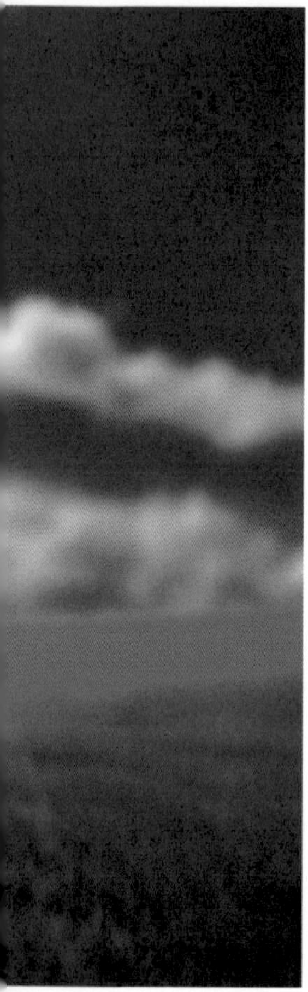

與生俱來的喜悅

親愛的，你是不是能感受到一種發自內心的喜悅？

這是不管遭遇了什麼事，永遠相信奇蹟會發生的喜悅。

是不受外界左右，衷心的喜悅。

也是不論當下境況如何，始終能超然觀照、彷彿看戲一般的喜悅。

這樣的喜悅與生俱來，只是常常被虛假的憂慮層層蒙蔽了。

靜下來，靜下來，感受這份喜悅的存在。你將發現，真正的喜悅其實不假外求，它就在你心深處，從未離開。

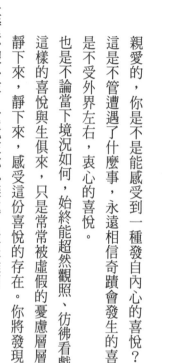

愛的相反是恐懼

愛的相反不是恨，不是冷漠，而是恐懼。

愛是一種擴張、融合、釋放的能量，讓清風遠揚，百花齊放。

恐懼卻是緊縮、封閉、自我吞噬，讓湖水凍結，一切皆成寒霜。

因為相反的緣故，所以愛和恐懼永遠無法同時存在，它們是光譜的兩端，從絢爛到黑暗。

親愛的，愛和恐懼你只能選一邊，而你永遠都要選擇愛的那一邊。

過程比結果重要

你知道有些事就算努力也不見得會開花結果，但親愛的，你也知道重要的本來就不是結果，而是那個過程。

結果也許只是一個證明，過程才是真正的經驗。這個經驗可能刻骨銘心，甚至痛徹心扉，但也因此讓你感覺深刻，無論如何都是一種收穫。

所以，親愛的，努力不是為了一定要得到什麼，而是在這過程裡看見自己；就算最後沒有你想要的結果，但奧秘的花朵早已盛放其中。

從愛自己出發

你說，你這一生是為了真愛而來。

於是你花了許多時間等待，並深信只有在真愛到來之後，你的人生才會真正展開。

但也因為真愛還未到來，所以你做任何事都有點心不在焉，有點無精打采。

親愛的，真愛不會忽然來敲你的門，也不會憑空從天上掉下來。它會在你前進的過程裡出現。而前進不為了誰，只為了自己。

所以，千萬別辜負了大好時光，別為了真愛未來而空等待。

只有當你先愛了自己，才能召喚愛的出現；只有當你把自己準備好了，真愛才會到來。

告別然後開始

不知從什麼時候開始，你好像常常都在告別。告別一個朋友，告別一段時光，告別一種關係，告別一場回憶。像是騎上時間的馬背往前奔馳而去，就算有失落傷心也是後來的事，至於在那當下，沒有回頭的餘地。

然而所有的告別，其實都是告別過去的自己。所以不必回頭，也沒什麼好失落傷心。

親愛的，過去總要放下，甚至在必要的時候不惜捨棄，否則永遠不能遇見未來的自己。

國家圖書館出版品預行編目資料

朵朵小語：你就是美麗的小宇宙 / 朵朵著 .
-- 初版 . -- 臺北市：皇冠 , 2014.09
面；公分 . --（皇冠叢書；第4418種）(TEA TIME；3)
ISBN 978-957-33-3097-4（平裝）

855　　103013990

皇冠叢書第 4418 種
TEA TIME 03

朵朵小語：你就是美麗的小宇宙

作　　者—朵朵
發 行 人—平雲
出版發行—皇冠文化出版有限公司
台北市敦化北路 120 巷 50 號
電話◎ 02-27168888
郵撥帳號◎ 15261516 號
皇冠出版社（香港）有限公司
香港上環文咸東街 50 號寶恒商業中心
23 樓 2301-3 室
電話◎ 2529-1778　傳真◎ 2527-0904
責任主編—盧春旭
責任編輯—許婷婷
美術設計—程郁婷
著作完成日期— 2014 年 2 月
初版一刷日期— 2014 年 9 月

法律顧問—王惠光律師

讀者服務傳真專線◎ 02-27150507
電腦編號◎ 421003
ISBN ◎ 978-957-33-3097-4
Printed in Taiwan
本書定價◎新台幣 280 元 / 港幣 93 元

皇冠60週年回饋讀者大抽獎！
600,000現金等你來拿！

參加辦法 即日起凡購買皇冠文化出版有限公司、平安文化有限公司、平裝本出版有限公司2014年一整年內所出版之新書，集滿書內後扉頁所附活動印花5枚，貼在活動專用回函上寄回本公司，即可參加最高獎金新台幣60萬元的回饋大抽獎，並可免費兌換精美贈品！

●有部分新書恕未配合，請以各書書封（書腰）上的標示以及書內後扉頁是否附有活動說明和活動印花為準。
●活動注意事項請參見本扉頁最後一頁。

活動期間 寄送回函有效期自即日起至2015年1月31日截止（以郵戳為憑）。

得獎公佈 本公司將於2015年2月10日於皇冠書坊舉行公開儀式抽出幸運讀者，得獎名單則將於2015年2月17日前公佈在「皇冠讀樂網」上，並另以電話或e-mail通知得獎人。

抽獎獎項

60週年紀念大獎1名：獨得現金新台幣60萬元整。

●獎金將開立即期支票支付。得獎者須依法扣繳10%機會中獎所得稅。●得獎者須本人親自至本公司領獎，並於領獎時提供相關購書發票證明（發票上須註明購買書名）。

讀家紀念獎5名：每名各得《哈利波特》傳家紀念版一套，價值3,888元。

經典紀念獎10名：每名各得《張愛玲典藏全集》精裝版一套，價值4,699元。

行旅紀念獎20名：每名各得 deseño New Legend尊爵傳奇28吋行李箱一個，價值5,280元。

●獎品以實物為準，顏色隨機出貨，恕不提供挑色。
●deseño尊爵系列，採用質感金屬紋理，並搭配多功能收納內襯，品味及性能兼具。

時尚紀念獎30名：每名各得 deseño Macaron糖心誘惑20吋行李箱一個，價值3,380元。

●獎品以實物為準，顏色隨機出貨，恕不提供挑色。
●deseño跳脫傳統包袱，將行李箱注入活潑色調與簡約大方的元素，讓旅行的快樂不再那麼單純！

詳細活動辦法請參見
www.crown.com.tw/60th

主辦：皇冠文化出版有限公司
協辦：平安文化有限公司
　　　平裝本出版有限公司

慶祝皇冠60週年，集滿5枚活動印花，即可免費兌換精美贈品！

參加辦法 即日起凡購買皇冠文化出版有限公司、平安文化有限公司、平裝本出版有限公司2014年一整年內所出版之新書，集滿**本頁右下角**活動印花5枚，貼在活動專用回函上寄回本公司，即可免費兌換精美贈品，還可參加最高獎金新台幣60萬元的回饋大抽獎！

●贈品剩餘數量請參考本活動官網（每週一固定更新）。●有部分新書恕未配合，請以各書書封（書腰）上的標示以及書內後扉頁是否附有活動說明和活動印花為準。●活動注意事項請參見本扉頁最後一頁。

活動期間 寄送回函有效期自即日起至2015年1月31日截止（以郵戳為憑）。

贈品寄送 2014年2月28日以前寄回回函的讀者，本公司將於3月1日起陸續寄出兌換的贈品；3月1日以後寄回回函的讀者，本公司則將於收到回函後14個工作天內寄出兌換的贈品。

●所有贈品數量有限，送完為止，請讀者務必填寫兌換優先順序，如遇贈品兌換完畢，本公司將依優先順序予以遞換。●如贈品兌換完畢，本公司有權更換其他贈品或停止兌換活動（請以本活動官網上的公告為準），但讀者寄回回函仍可參加抽獎活動。

兌換贈品

●圖為合成示意圖，贈品以實物為準。

A 名家金句紙膠帶

包含張愛玲「我們回不去了」、張小嫻「世上最遙遠的距離」、瓊瑤「我是一片雲」，作家親筆筆跡，三捲一組，每捲寬1.8cm、長10米，採用不殘膠環保材質，限量**1000**組。

B 名家手稿資料夾

包含張愛玲、三毛、瓊瑤、侯文詠、張曼娟、小野等名家手稿，六個一組，單層A4尺寸，環保PP材質，限量**800**組。

C 張愛玲繪圖手提書袋

H35cm×W25cm，棉布材質，限量**500**個。

詳細活動辦法請參見
www.crown.com.tw/60th

主辦：皇冠文化出版有限公司
協辦：平安文化有限公司 平裝本出版有限公司

60 印花

皇冠60週年集點暨抽獎活動專用回函

請將5枚印花剪下後，依序貼在下方的空格內，並填寫您的兌換優先順序，即可免費兌換贈品和參加最高獎金新台幣60萬元的回饋大抽獎。如遇贈品兌換完畢，我們將會依照您的優先順序遞換贈品。

●贈品剩餘數量請參考本活動官網（每週一固定更新）。所有贈品數量有限，送完為止。如贈品兌換完畢，本公司有權更換其他贈品或停止兌換活動（請以本活動官網上的公告為準），但讀者寄回回函仍可參加抽獎活動。

1. ____________ 2. ____________ 3. ____________

●請依您的兌換優先順序填寫所欲兌換贈品的英文字母代號。

1 2 3 4 5

□（**必須打勾始生效**）本人____________（**請簽名，必須簽名始生效**）同意皇冠60週年集點暨抽獎活動辦法和注意事項之各項規定，本人並同意皇冠文化集團得使用以下本人之個人資料建立該公司之讀者資料庫，以便寄送新書和活動相關資訊。

我的基本資料

姓名：____________

出生：______年______月______日　性別：□男　□女

身分證字號：____________（僅限抽獎核對身分使用）

職業：□學生　□軍公教　□工　□商　□服務業

□家管　□自由業　□其他

地址：□□□□□ ____________

____

電話：（家）____________（公司）____________

手機：____________

e-mail：____________

□我不願意收到皇冠文化集團的新書、活動edm或電子報。

●您所填寫之個人資料，依個人資料保護法之規定，本公司將對您的個人資料予以保密，並採取必要之安全措施以免資料外洩。本公司將使用您的個人資料建立讀者資料庫，做為寄送新書或活動相關資訊，以及與讀者連繫之用。您對於您的個人資料可隨時查詢、補充、更正，並得要求將您的個人資料刪除或停止使用。

◎請沿虛線剪開、對摺、裝釘後寄出。

◎請沿虛線剪開、對摺、裝釘後寄出。

皇冠60週年集點暨抽獎活動注意事項

1. 本活動僅限居住在台灣地區的讀者參加。皇冠文化集團和協力廠商、經銷商之所有員工及其親屬均不得參加本活動，否則如經查證屬實，即取消得獎資格，並應無條件繳回所有獎金和獎品。

2. 每位讀者兌換贈品的數量不限，但抽獎活動每位讀者以得一個獎項為限（以價值最高的獎品為準）。

3. 所有兌換贈品、抽獎獎品均不得要求更換、折兌現金或轉讓得獎資格。所有兌換贈品、抽獎獎品之規格、外觀均以實物為準，本公司保留更換其他贈品或獎品之權利。

4. 兌換贈品和參加抽獎的讀者請務必填寫真實姓名和正確聯絡資料，如填寫不實或資料不正確導致郵寄退件，即視同自動放棄兌換贈品，不再予以補寄；如本公司於得獎名單公佈後10日內無法聯絡上得獎者，即視同自動放棄得獎資格，本公司並得另行抽出得獎者遞補。

5. 60週年紀念大獎（獎金新台幣60萬元）之得獎者，須依法扣繳10%機會中獎所得稅。得獎者須本人親自至本公司領獎，並提供個人身分證明文件和相關購書發票（發票上須註明購買書名），經驗證無誤後方可領取獎金。無購書發票或發票上未註明購買書名者即視同自動放棄得獎資格，不得異議。

6. 抽獎活動之Deseno行李箱將由Deseno公司負責出貨，本公司無須另行徵求得獎者同意，即可將得獎者個人資料提供給Deseno公司寄送獎品。Deseno公司將於得獎名單公布後30個工作天內將獎品寄送至得獎者回函上所填寫之地址。

7. 讀者郵寄專用回函參加本活動須自行負擔郵資，如回函於郵寄過程中毀損或遺失，即喪失兌換贈品和參加抽獎的資格，本公司不會給予任何補償。

8. 兌換贈品均為限量之非賣品，受著作權法保護，嚴禁轉售。

9. 參加本活動之回函如所貼印花不足或填寫資料不全，即視同自動放棄兌換贈品和參加抽獎資格，本公司不會主動通知或退件。

10. 主辦單位保留修改本活動內容和辦法的權力。

寄件人：

地址：□□□□□

請貼郵票

10547 台北市敦化北路120巷50號

皇冠文化出版有限公司　收